KB034239

# 야생의 강

인지

# 야생의 강

1판 1쇄 인쇄 2022년 1월 25일
1판 1쇄 발행 2022년 2월 5일

발행처 도서출판 문장
발행인 이은숙

등록번호 제2015-000023호
등록일 1977년 10월 24일

서울시 강북구 덕릉로 14(수유동)
전화 02-929-9495
팩스 02-929-9496

문장 시인선 012

# 야생의 강

## 서혜경 시집

도서
출판 문장

▶ 시인의 말 (自序)

문턱 없는 저 세상에서
하얀 날개를 달고
나를 내려다보시는 당신

어머니가 보고 싶은 날에는
시를 씁니다.


瑞河 서혜경

▶ 차례

시인의 말 … 5
跋文(나호열) … 95

1부

오후 3시 … 13

미지의 사람아 … 14

그대에게 詩를 … 16

물의 정거장 … 17

한 사람이 스며드네 … 18

겨울 로망스 … 19

직박구리 … 20

이브의 모반(謀反) … 21

누군가 … 22

슬픔의 목록 … 23

끝 … 25

나는 마티스 … 26

늙은 꽃 … 28

하루 … 29

사랑의 길 … 30

굴절 거울 … 31

2부

모래시계 ⋯ 35

지상의 양식 ⋯ 36

꽃으로 핀 신발들 ⋯ 37

발병 ⋯ 38

기갈 (饑渴) ⋯ 39

번짐 ⋯ 40

그물 사이로 ⋯ 41

솜다리 ⋯ 42

새의 날개 ⋯ 44

살아가기 ⋯ 45

경계는 없다 ⋯ 46

옛 노트 ⋯ 48

꽃무릇 영토 ⋯ 49

야생을 꿈꾸다 ⋯ 50

메트로놈은 위대하다 ⋯ 51

3부

하나의 봄 ⋯ 55

그럼에도 불구하고 ⋯ 56

야생의 강 ⋯ 58

반영(反影) ⋯ 59

늪 ⋯ 60

슬픔의 바깥 ⋯ 61

비행 ⋯ 62

수타사 가는 길 ⋯ 63

순천만 갈대밭 ⋯ 64

소나무 ⋯ 65

해바라기 밭 ⋯ 66

명자꽃 ⋯ 67

오월 한 자락 ⋯ 68

누름화 ⋯ 69

사랑이란 ⋯ 70

4부

창 ··· 73

풀등에서 ··· 74

산수유 마을 ··· 75

북촌 ··· 76

혜화동 ··· 78

나의 방 ··· 80

알파카 월드에서 ··· 81

아득한 빛 ··· 83

하얀 구석 ··· 84

산책 ··· 85

갯메꽃 ··· 86

신두리 사구 ··· 87

무채색 길 ··· 88

페기스코브 등대 ··· 89

섬과 바다 ··· 90

# 1

그대에게 시를

# 오후 3시

저녁에 돌아올 가족들을 위해
감자껍질을 벗긴다

소쿠리에 담아 놓은 뒤 돌아난 감자싹을 자르고
상처 난 구멍을 도려낸다
침묵으로 가라앉는 오후 3시

믹서에 감자 가는 기계음 소리
감자 바위 어디선가
굳어 버린 각질도 갈아버린 가벼운 열기

소금강에서 맛보았던
동동주와 감자전의 추억
하얀 눈밭 속에서도
언제나 정오의 해로 빛날 줄 알았지

감자에 찹쌀가루 넣어
더 쫀득해진 맛
프라이팬 위에 감자전이 담백하게 익는다
잘 견디어 온 오후 3시처럼

# 미지의 사람아

저기 푸른 신호등 아래
한 발자국씩 나에게 오는 사람아
자작나무 숲길에서
잠깐 스쳤던 눈빛으로
걸어오는 사람아

그대 앞에선
켜켜이 쌓아 두었던
묵은 껍질이 벗겨지고
알몸으로도 부끄럽지 않네

그대 앞에선
멈출 수 없는 눈물이 쏟아져도
젖은 속옷까지도
부드럽게 말려 줄 깃 같은 환희

침묵했던 내 말들이
천천히 부유하며
그대에게 간다

천 갈래 내 마음을
다 헤아려 줄 것 같은
자작나무 어느 숲길에서
만났던 것 같은 사람아

멈출 수 없는
내 발걸음이 빨라진다.
언제나 그림자로 남아선 안된다
내 미지의 사람아.

# 그대에게 詩를

한걸음씩 그대와 가까워지고 싶을 때
서툰 詩를 끄적거려 보았다
은행잎들 위에 단풍 한 잎
그윽하게 가라앉는 모습 같이
그대에게 그렇게 번지고 싶었다

별빛 쏟아지는 새벽
그대와 속삭이고 싶을 때에
가장 맑은 언어로 마주하고 싶어
어디 지나가는 바람에라도
내 사랑 전하는 詩語를 묻고 싶었다.

그대 목소리 가슴에 사무쳐
가을을 보내는 안타까운 시간에도
마음의 울림임 잠재울 일은
그대 향한 경건한 詩를 쓰는 일

그리고
그대 사랑이 밀물 같이 밀려왔다.

# 물의 정거장

쌀을 씻는다
손등에 하얀 거품 일고
물이 맑아질 때까지

쌀뜨물은 하수구에서
시내로 강물로 흘러
어머니의 쌀뜨물이 기다리는
물의 정거장에 도달한다

이별은 싫다며
내미는 손의 온도로
강물은 따스해지고
무지개 빛 물띠가 떠 오른다

물의 정거장에
백로 한 마리 앉이 있다.

# 한 사람이 스며드네

숲에 들어가
노란 양지꽃 반가워
언덕에 엎드렸네

흙은 따뜻하고
나비들 날아다니고
가슴을 대고 양지꽃과 눈 맞춘 곳
누군가의 무덤이었네
이름모를 사람의 생生이
가슴으로 스며들었네

어느 사랑하는 사람 남겨두고
떠난 이의 이별이
가슴으로 스며 들었네
얼굴 모르지만 그 사람
한 사람이 스며들었네

바람 불고 햇살 부드러운 날
흙은 한 사람의 생을 덮고
숲은 알맞게 빛나고

양지꽃 한송이
그 사람의 일생을 다 안다는 듯
조용히 흔들리고 있었네

# 겨울 로망스

나뭇가지 사이로 해가 따라오고 있었고
세상에 태어나 처음 보는 해 같았지

회색 빛 2월의 하늘에
어쩌면 달이라 부르고도 싶은 해

어디선가 시린 사랑이 따라오고 있었어
세상에 태어나 처음 보는 사람 같았지

겨울 로망스가 흐르는 2월의 하늘에
어쩌면 사랑이라고 부르고 싶은 당신

# 직박구리

겨울나무 가지 위 앉아 있는
이름모를 새 이름

푸드득 날아온 새 한 마리가
직박구리라 가르쳐 주었다

아득한 구석기시대 새 같았는데
가슴을 환하게 여는 그 이름

직박구리라 불러주니
눈물 한방울 떨어뜨려 줄 것 같은

서로 먼 하늘을 이고 살아왔나
한호흡 길게 사랑하고 싶은 새

# 이브의 모반(謀反)
– 르네 마그리뜨 Collective Invention –


그대 가슴에 가장 영롱하게 피어나는
성채(城砦)이고 싶었습니다


내 분신의 謀反(모반)을 꾀하면
그대가 안아 줄 것 같아서
주술을 외우며 헤매던 바다


살을 도려내는 아픔일지라도
그대 사랑으로 치유될 수 있다면
물거품이 되어도 좋을 듯했습니다


침묵의 해변에서
눈물 토해내는 물고기 한 마리
더 이상의 도주는 없으리라고
팔딱이는 가쁜 호흡


그대 따뜻한 손으로 만져 주었을 때에
영혼의 성채(城砦)로
빛나고 있는 이브였음을...


*벨기에의 초현실주의 작가

# 누군가

찬란한 봄날
누군가
가슴속 열망을 피우라고 하네요
매화 피는 섬진강에 가려고
운동화 끈을 묶었어요

누군가
나의 발목을 잡고
흰 종이들이 매화 같이
내 앞에 펼쳐져요

나는
또 홀린 사람 같이
이 빈집에 남아
낙화유수(落花流水)를 읊을지도 몰라요

누군가
대신 아파해 주지도 않으면서요.

# 슬픔의 목록
## – 무명녀


아버지와 딸이
겨울 성城을 향하여
걸어 들어가는 그림이
우울하게 보여
환한 벽으로 옮긴 날

8살 소녀의 죽음을
애써 들으려 하지 않았는데
이름이 없는 무명녀랍니다
소녀를 뒤따라간 아버지
영정 사진 앞에서
슬픔의 목록을 더합니다

저 성城 안에서는
무명녀 소녀도 이름을 찾고
손잡고 걸어온 아버지와
언 발 녹였으면

오랫동안 바라만 보던
그림의 제목을
오늘 달아 줍니다
'아버지와 딸'

슬픔의 목록에
하나 둘
더하다가
이름을 찾아 환해지는
겨울 날 일기日記

# 끝

폭염 속에서
활시위를 당기며
올림픽 대표 선수는
비장한 얼굴로 끝이라고

활은 바람을 타고
빠르게 십 점 과녁에 꽂혔다

시작에서 끝을 예감하는 가슴
부단한 순간의 눈동자
땀이 흐르는 입가

어떤 인생이 마지막 순간
끝이라고 말 할 수 있을까

지난밤 부는 비바람
나뭇잎들의 흔들림
서늘한 매미소리

이 여름의 끝이라고
마음의 활 시위를
푸른 나무에게 날린다

입술을 꾹 깨물며

# 나는 마티스

손에 힘이 없어
붓을 잡을 수는 없지만
보들레르의 시를 그리겠어
손에서 연필이 빠져 나가면
색종이를 붙이고
검은 비너스 잔느 뒤발의
머릿결도 그리고
뒤뚱거리는 알바트로스 새도 그리겠어

고뇌와 질병들이
꽃으로 피어나는
정원에 서면
나의 그림은 시로 태어나지

꿈속 먼 나라
다가갈 수는 없지만
둥글게 고요하게
*아라베스크로 피어나는
아름다운 꽃송이들

나는 마티스
보들레르 시를 그리고 싶어
아라베스크로

환장하게
시를 쓸거야

*아라베스크 : 이슬람 추상화 무늬

# 늙은 꽃

수십 장의 빨래판을 이어
늙은 꽃이라 부르던
갤러리의 작품 앞에서
청계천에서 빨래하던
아낙네들이 떠 올랐다

빨래를 비비던 손이
주름진 빨래판 위에서
세월을 헹구어 내며
주름진 얼굴들이
시냇가에서 허리를 편다

아기를 업은 엄마들이
기저귀를 빨며
이야기하는 모습들이
이제는 빨래판 곰팡이로 피어난다

청계천.
빛의 축제에
늙은 꽃들이
잔치에 초대받아
추억을 되새김질하고 있다.

# 하루

보름 하루 전의 달
아직 꽉 차지 않은 달을 바라보며
하루를 기다리는 일

하루를 건너온 달이
보름달이 되었을까
궁금해서 쳐다보는 일

# 사랑의 길

안개 낀 길을 달리면서
호수 어디쯤 쉬어 가도 될 것 같았다

안개 피어오르는 길 어느 모퉁이에서
하얀 실루엣으로 다가오는 미소는
"사랑해"하며 다가와서는
안개를 다 걷어 낼 것 같았다

그대가 손잡아 주기 전에는 사랑이란
호수 밑으로 떨어지는 별인 줄 알았는데
이제는 나의 가슴을 차고 오르는 새가 되었다

안개 흐르는 호수에서
먹이 찾던 새가 비상한다
하늘에 사랑의 길을
길게 그어 놓은 줄을 보았다.

# 굴절 거울

한 쪽 눈에는
아직은 마르지 않는 눈물과
또 다른 눈은
호기심이 남아 있는
젊은 내 낯선 모습에
거울 앞에서 서성인다

어제의 사연들이
깊게 고랑을 파도
상처에 그리움의 눈높이를 맞추면
매끄러운 얼굴이 될 수도 있어
거울 하나 갖고 싶다

립스틱을 바르는 마른 입가에
주름들이 깊어지고
눈빛 흐려 지는 날
시린 나이테 쓰다듬어 주는
마법 같은 거울

서러운 기억도 추억도
빛을 모아
무지개 빛 사랑으로 불러오는
거울 하나쯤 갖고 싶다.

2

그물 사이로

# 모래시계

한 여자가 모래시계를 뒤집는다
황토 방 안에 있던 눈들이
일제히 모래시계를 바라본다

모래시계에
구겨 놓은 삶이 기지개를 편다
오랜 세월 시린 무릎
보상이라도 받으려는 듯
뜨거운 열기도 극기로 변하는 방
모래 사막을 건너는 낙타와 닮아 있다

실크로드가 펼쳐지고
태양의 열기에 무릎을 꿇는 낙타들
휑한 눈들에 변방의 채찍이 가해지고
대상隊商의 음악이
낙타의 가쁜 숨을 재촉한다
또다시 모래시계는 침묵 속
길을 간다

갈증 난 여인들은
쑥차의 향기에 젖어 들고
모래시계 앞에서 경건하다

모래시계를 다시 뒤집는 여인은
눈을 감으며
사막을 걷는다.

# 지상의 양식

환한 가을 햇살 사이로
국밥 한 그릇 받아가며
길 위에서 허기를 달래는 사람들
등 뒤에 맨 배낭들 속엔 어떤 기억이 들어 있을까
길 떠나 온 이야기들이 궁금하다

누군가의 어머니와 아버지들 모습
국밥을 무릎 위에 올려놓은 그 얼굴이 숙연하다
그들의 신성한 식사 시간에
눈길 마주치지 말아야지

구구구구...
비둘기들이
광장에서 모이를 주워 먹고 있다
국밥 냄새 나무 잎새에 스며든다

따뜻한 지상의 양식들
부초처럼 떠돈다.

# 꽃으로 핀 신발들

모양이 다른 신발을 모아
활짝 핀 꽃으로 만든 작품을 보았다

누가 걸어온 길인지
그 길 위에서
혹 주저 앉은 적은 없었는지
신발들의 사연들이
꽃으로 피었다

어느 무도회에서
춤을 추던 신발일까
어떤 섬에서
조약돌을 밟다 벗어 놓았던 신발일까
단풍 잎 떨어지면 붉게 물들던 신발
꿈길을 걷던 신발
개미를 밟았던 신발인지도 몰라

얼룩진 신발들은 나비를 모으고
주소가 달랐던 신발들이
코를 마주하고
둥근 꽃으로 피어났다

# 발병

발가락이 욱신거려
찌릿찌릿한 통증
신발 속 발이 기우뚱거리네

엑스레이에 찍힌 발가락
어느 박물관에서 보았던
미이라의 발 같이
속을 들켜버린 발가락

여름비 겨울비에도
미끄러지지 않으려
힘주었던 발가락

벼랑 앞에 선
사람의 마음을 헤아리며
어디든 데려가 주던
발가락 마디마디가 서럽네

# 기갈 (饑渴)


물이 없어 갈함이 아니요
양식이 없어 주림이 아니요

삶의 불가사의를 읊는
시인은
곧 기갈이라

물이 없어 갈함이 아니요
양식이 없어 주림이 아니요

삶을 멈출 수 없어
고단한 길을 가는 시인은
곧 기갈이라


\*기갈(飢渴)-배고플 飢, 목마를 渴
\*성경 아모스 (8:11)

# 번짐

나의 노랫소리가
너에게 닿아
그윽한 사랑이 되기를

너의 모습이
나에게 다가와
노을 빛으로 스며들기를

너와 내가 손잡고
부르는 노래가
종소리로 딩딩딩

높고 넓게 울려퍼져서
풍경이 되는

# 그물 사이로

한해를 붙잡고 싶어
그물을 잡고 싶던
어제의 기억이 꾸물댄다

드리워진 그물로 들어왔던
햇빛과 바람과
순한 말들의 시름과
사랑하는 사람을 안는다

그물 사이로 빠져나갔던
웃음과 눈물과
또 다른 그리움이 된 말들과
말없음표의 사랑은
어느 바다로 흘러 갔을까

그물 사이로
젊은 날의 초상이 스쳐가고
저물어 가는 것들이 출렁댄다

그물을 느슨하게 잡으며
한 해를 놓아주어야 하는 시간에

# 솜다리

무슨 사연 있어
하얀 꽃잎
바위 틈에 살짝 얼굴 내밀고
수줍은 미소 짓고 있는 것일까

천년 한라의 바람에도
언제나 부드럽게 흔들리는
솜다리의 맑은 가슴 열면

사랑을 바다에 보내고
두 손 모으던 여인들의 기원에
가라 앉지도 못하던
배의 이야기가 전설이 되고

사랑을 기다리며
고단한 자맥질하던
해녀의 잠수복이
거친 바다의 바람을 잠재우네

기약 없는 기다림이 길어서
크게 울지도 못한 꽃잎들이
바다를 위로해 주면

얼마나 그리움이 크길래

별빛 머금은 파도의 소리가
솜다리 너의 꽃잎에
하얗게 부서지는 것일까

# 새의 날개

어두워져 가는 거리
날아온 새들의 이야기를 듣고 있자면

먼 수평선 눈물로 씻고
이제는 편안한 자리에 앉아
로망롤랑의 사랑 노래를 부를까
새들의 고향을 넘나 들까

그대의 모자람
약간의 심술기
그대 삶의 법칙까지
있는 그대로의 그대를 사랑했지

짜고 또 짜도
어림없는 생生의 고독
새의 날개로도 닿지 못하는
짙어 가는 이 그리움

# 살아가기

명품가방 세일
백화점 안에선
사람들로 북새통이다

여름 열기 후끈한데
백화점 밖에선
아르바이트 하는 청년이
물건을 싣는다

청년의 퀭한 눈빛에
소나기 한줄기
왔다 가고
볼을 타고 내려오는
땀방울에
옷이 젖는다

카트에 쌓이는
물건 보다 작은 청년이
사람 좋은 웃음으로 인사를 한다

현관문 사이로
불어오는
이 생生의 뜨거운 바람들

# 경계는 없다
– 마크 로스코의 그림


저 바다의 끝
메밀꽃들이 일렁인다
새가 날아간다

하얀 메밀꽃들이
수평선으로
또는 붉은 화석으로 되었다
경계가 흐른다

뜨거운 사막이
한줄기 바람이
새가
스폰지에 녹아 들다
이내 복사되었다

*마크 로스코의 그림이
나의 식탁 위에서
십자가 같이
빛나고 있다

올려다보면 신전 같아
가끔 눈물을 흘린다

경계는 그어 놓은 자의 몫
더 이상의 경계는 없다.

*러시아 태생의 미국 화가로 추상표현의 선구자로 불림.

# 옛 노트

나의 스무 살이 여기 앉아 있었네
눈부셨던 세월
한 꿈이 또 한 꿈을 불러오던 시간
흐릿한 글씨 건조해진 눈으로 읽어도
촉촉한 문장들로 인해

무릎을 절며 내게 오는 글들
그리움을 소환하는 문장들은 살아있네
나의 스무 살 사랑이 되살아나고 있어
추억이 빙그르르 돌고 있어

신혼 단칸방 어느 상자에 들어있어
곰팡이 내음처럼
푸른 곰팡이 같이 피어나는 글들

여름꽃 겨울꽃 피고 지고
헐거워진 옛 노트를 넘기는데
나의 스무 살 꽃밭의 향기가
밀려오고 있어

# 꽃무릇 영토

구름 속에 숨는
하얀 반달을 보며 걸었습니다

어슴푸레 별빛으로 일렁이는
꽃무릇 영토가 넓어져 갑니다

꽃은 잎을 보지 못해도
잎은 꽃에 닿지 못해도

달빛 아래 순정한 마음들
그리움의 거리라 부르고 싶습니다

그대가 손짓하는 나
내가 불러보는 그대

같은 하늘 아래서
그리움의 거리가 커져가도

가을 한밤 지세우는
꽃무릇 붉은 가슴 읽을 수 있습니다

꽃무릇 피어 있는 숲에
그대는 이미 와 있습니다.

# 야생을 꿈꾸다

어느 연극 같이
영원히 있을 것 같은 숲이 움직여
어느 오페라 같이
영원할 것 같은 사랑의 맹세도 움직여

연극과 오페라가
비극의 전말이어도
모두 가면의 생
나의 비망록엔 먼지로 쌓일 뿐

다가왔던 야생의 발자국들에
짓눌렸던 별자리들
태초의 나비들
이방의 꽃들
다리 긴 새
이제 가면을 벗을 시간

*"별 하나 하나가 누군가에게는
태양일 수 있어"
코스모스 안에서
잃어버린 야생을 꿈꾸며
나의 비망록엔 푸른 행성이
또렷한 기억으로 일어난다

*칼세이건 작: 〈코스모스〉에서

# 메트로놈은 위대하다

기억은 강물의 회로를 따라 흐른다
강물이 엇박자로 흘러
온통 내게 흘러 들어올까 봐
피아노 위의
*메트로놈을 끄곤 했다
불안한 음표들이 숨죽이며
낡은 악보를 넘길 때
심장의 박동 소리를 듣고 싶어
메트로놈을 다시 불러왔다
새벽 강가에서
안개로 다가오는 고요를
깊게 누르면
강물에 묻어나는 젖은 악보
베토벤의 '운명'이 부유한다
더 이상 역주행하기는 싫어
빠른 걸음으로 내딛는다
**"메트로놈은 위대하다"던 음악가의
기억의 회로를 돌아 나오는
운명의 소리는
망각처럼 흔들리고 있다.


*음악의 템포를 올바르게 나타내는 기계
** 베토벤이 한 말

3

야생의 강

# 하나의 봄

여인이 꽃잎을 말할 때
그는 촛불을 말한다

여인이 봄비에 눈물 흘릴 때
그는 찬란한 봄에 미소 짓는다

여인이 섬이 그립다고 말하면
그는 침묵하는 등대에 가고 싶어 한다

여인이 백목련이 탐스럽다고 하면
그는 연분홍 진달래 사랑이 좋다고 한다

여인이 달무리를 볼 때
그의 가슴엔 달 같은 여인이 떠 오른다

우리는 모두 가슴 벅찬 봄을 이야기하고 있다.

# 그럼에도 불구하고

가을 저수지에서
물결의 잔상을 보며
살아온 날들 나이테를 헤아려 본다
한로寒露 지나서 이슬방울들
연잎 위에 구르고

그럼에도 불구하고
이 나이에도
일렁이는 가슴은
물수제비 파문으로 퍼져서
빗살무늬로 다가오거나
잠시 고요로 머무는 잔영들이
삶의 간극間隙 같아서
그 사이의 세월이 부유한다

갈대들 은빛 머리
가을바람에 날리고
산 그림자 저수지에 드리우는 시간
내 나이 즈음의 이 시간을 껴안으니
들쑥날쑥 나이테들이 불규칙하다

그럼에도 불구하고
파라솔 아래 의자에서
따뜻한 담요를 덮으니 작은 행복이 밀려온다

카페의 전구들이 깜박거리며
저수지를 밝힌다

산수유 붉은 열매
후박나무 넓은 잎에 떨어져라.

# 야생의 강

안개에 갇혀서
절벽 옆을 흐르는 강은
자연의 신비에 머물고 싶었다

태초의 시간으로 돌아가
숲 사이로 흐르는 강은
침묵을 배우고 싶었다

누가 강의 길을 막았을까
자유로운 노래를 싣고
강은 달리고 싶었다

야생의 고요
야생의 시간
야생의 노래로 인해
길들여지지 않은 강은
바다에 도달한 뒤
먼 하늘을 날고 싶었다

내가 꿈꾸는 야생의 강은
여전히 흐르고 있다.

# 반영(反影)

조그만 물웅덩이에
그대가 있고
내가 있고
전신주電信柱가 있고
새들이 있고

웅덩이 들썩거림에
우리들 이야기가 전개된다

내 작은 몸짓은
전깃줄 위의
새의 날갯짓 같은 반영이었구나

그 둠벙엔
우주가 들어 있다.

# 늪

늪이 늪의 손을 잡고
나무의 뿌리가 흐르고
새의 알이 껍질을 깨고
부풀어 오르는 시간

늪에서 건져 올린
새들의 눈부신 예지銳智
내 우둔의 세월을 흔들고
촉촉한 언어로
일어설 수 있었던 울림

꽃이 꽃을 부르고
새가 날개를 퍼덕이고
납작 엎드린 악어
침묵으로
서서히 슬픔을 끌어안는 시간

태초의 말씀 같이
모든 것이 있으라 하니
고요히 부유하는 정원

# 슬픔의 바깥
– 두물머리에서


액자에 풍경을 집어넣으려 했던
젊은 날엔
연잎들이 푸르게만 보였다

액자에 드나드는
새들의 눈물을 볼 수 있는 나이가 되어
다시 찾아온 자리

액자 안에서 서성이던
강물은 하나가 되고
이내 이별을 한다

액자를 넘나드는
붉은 석양은
강물에 뜨거운 사연을 드리운다

액자의 배경이었던
연꽃들이 풍장(風葬) 되었을 때에
슬픔의 바깥은 그리움이라는 것을 알았다.

# 비행

자음과 모음의 조화로운
옷을 입고
하늘에 아름다운
문장을 남기며 날아가는 새들
바닥일지도 모르는 여백을 가른다

두리번거리지 않는 저 힘!

# 수타사 가는 길

단풍 타고 내려오는 산
붉은 수줍음으로 물든다

누군가 무덤에
구절초 향으로 피어오른다

멀리 풍경소리에
은행나무 잎이
우수수 떨어진다

한 해의 열 번째 달인
불그스름한 시월이
산골 물결을 쓰다듬으면

수타사 가는 길엔
내 번뇌를 지우게끔 하는
희원이 있구나

# 순천만 갈대밭


갈대밭에 떨어진 저 알들
알을 깨고 나오는
생명의 숨소리를 들어봐

흔들리는 갈대들
새가 되어 비상하는 꿈을 꾸는
저 너른 정원의 들썩거리는 소리

붉은 함초들 지평선까지 물들이는
저 아득함은 어쩌지
갈대를 돌아나오는
저 바람의 말을 들어봐

# 소나무

집에서 나이 한 살
더 먹는 것이 싫어서
낯선 곳에 가서 부대끼며

덤으로 얻은 것 같이
또 한 살을 먹었다고 말할 수 있으면

눈가의 짙은 주름살
해풍으로 옅어 질 수만 있다면 좋겠지만

절벽에 서 있는 소나무 나이는
도무지 알 수가 없네

늘 푸르른 소나무 향기 덧입으려는
지순한 미소들만 새해에는 풍성하고

낯선 곳에서 한 해를 보내면서
소나무 사이로 다시 일어서는
한해의 햇살에 환호하네

무거운 나이의 골에 낀 텁텁함
바다로 날려 보내는
기도소리 들리는데

# 해바라기 밭

그리움도 고개 숙인 세월
아직도 불꽃같은 가슴 있어
네가 가르쳐 준 사랑이 다시 가슴에 꽂히는
하나의 부활

너와 내가 화해하는 자리에서
네가 손잡아 주면
다시 같은 방향으로 흐를 것 같은
하나의 물결

너와 나의 마음이 뜨거워져
구획 없는 빛이
뒹구는
하나의 웅덩이

까맣게 타 들어 가는
태초의 기억은 먼지 같이 흐르고
바람에 날리는 밀어(蜜語)들은
우리의 우주인 것을

# 명자꽃

명자 꽃아 부르니
벚꽃 옆에서
환하게 일어나는 꽃

명자 꽃아 부르니
빨간 장미보다 예쁘지 않냐고
물어보는 꽃

명자 꽃아 부르니
이민 간 친구 이름과 같아서
하늘 한번 쳐다보게 하는 꽃

# 오월 한 자락

시집에 밑줄을 그으며 읽는다
문장이 나뭇잎 같이 일렁인다
우울과 불안은 휘발성으로 날아가고
꽃의 씨앗들이 발화한다

어느새 꽃잎들이
여름으로 까치발 한다
떨어지는 열매들의 착지는
경계가 없다

향기로 노크하던 미스 킴 라일락
빗물에도 환한 붉은 인동
우아한 장미
오월의 꽃들을 가슴에 안는다

이제 자리를 내어 주겠다는
한 자락 오월의 날들도
밑줄을 친다.

# 누름화

유리 벽 사이로
너는 숨 못 쉬는
그저 한 송이 꽃이려니 했다

유리 벽 하나 너머에도
나비와의 이야기가 스미고
부드러운 바람이 머물고
허허로운 웃음이 지나간다

하루를 건너온 새벽
아침 이슬이 그리웠을 너
꿋꿋이 얼굴 내미는 향기가 그윽하여
손을 내밀어 본다

침묵하지 못한 시간
유리벽에 갇힌 것은
어쩌면 메마른 나인 것을

# 사랑이란

뱃전에 따라오던 파도 같이
온갖 무늬로
나를 따라온다

어찌할 수 없는 사랑이여
파도여

# 4

나의 방

# 창

창은 밖의 나를 불러오고
창은 안의 나를 불러내고

어느 날은 설레고
기약 없이 기다리고
약속에 기대다가
이별에 지우고

창은 벽보다 강해져서
창은 풍경을 삼키고

창은 나를 바라보는 눈동자
창은 물끄러미

# 풀등에서

대이작도에 가면
하루 두 번 떠오르는 섬이 있다
백 년도 못사는 사람들이 와서
몇 억년 동안의 이야기를
한나절에 알려고 한다

고운 모래 등에
꽃씨 심으면
꽃 피울 수 있을까

세월의 속살을
다 풀어 헤쳐도
남는 건 언제나 허전한 등

풀등에서는
지금 이 순간의 춤을 추리라.

# 산수유 마을

지난 봄 백사골
산수유 흐드러진 집에는
가끔 기침 소리가 흘러나왔다

빨간 열매가 매달리고
산수유 눈꽃이 피어나던 겨울에는
인기척이 없었다

노란 산수유향이 온 마을을 뒤 덮는데
집 옆의 개집도 비어 있다
개 짖는 소리가
설봉산을 돌아올 것만 같은 마을
굳게 잠겨진 자물쇠
봄비가 두드린 자국에도 입을 다물고 있다

발효된 그리움은
빈집으로 넘나들고
산수유 익어가던 항아리에는
봄 햇살 가득하다

# 북촌

골목과 골목이 이어져
길 어디라도 이야기가 담긴 곳
사람들의 발길 닿아 해어져도
늙지 않는 길
그 길의 내음을 맡으며 걷는다

지붕과 지붕이 맞닿은 모서리
오월의 장미들이
경계를 허무는 짙은 향기가 좋아
북촌을 걷는다

소녀시절에 바라보던 인왕산이
전깃줄에 걸려 있어도
북촌에서 마주보는 산은 추억을 불러오는데
단발머리 친구들은 다 어디로 갔을까

입구를 잊어버린 길 위에서
낮은 곳을 내려다보면
옹기종기 한옥 처마인 것을

소곤소곤 이야기해도
어깨 마주하는 사람들의 미소는
골목길을 흐르고 있어
담쟁이 넝쿨 더 푸르러지면

맨드라미 꽃들을 불러오겠지

빼꼼히 열린 한옥문으로
청국장 냄새가 풍겨 나올 것 같은
북촌 길을 걷는다

# 혜화동

마로니에 초록 잎들이
가슴을 두드리는 길을
꿈을 꾸듯이 걸었었지

세월 흘러가도
이 길에 서면
젊은 날의 나로 돌아가 있어

연극을 보며
객석에 따라오는
생의 계단들
너와 나
다 기억할 수 없어도

깊어진 그대들의 눈빛이
마냥 좋아서
예술가의 숲
그윽한 향기를 음미하며
여름밤 이 길을 걷고 있어

마로니에 초록 잎에 구르는
이슬들의 이야기를
촉촉히 바라볼 수 있는 여유

이 길 위에서
뒤를 돌아보면 따라올 것 같은
웃음 소리 웃음 소리

# 나의 방

안대를 쓰고 회전의자를 돌린다
덜컹거리는 의자를 타고
우주 속으로 날아간다
자리이름을 외우던 별들과 마주한다
곁에 있으니 빛나지 않는 별들에게
허망이라는 이름을 지어준다

푸른 행성에서 떠도는
흑발의 여자가
나의 꿈에 들어온다
아무 것도 없었던 나의 방이
별의 발자국으로 가득하다.

# 알파카 월드에서

멀리 안데스를
꿈꾸고 있는 듯한
알파카들이 마중 나왔다
잉카를 기억하고 있을지도 모를
알파카의 발걸음들이
순전한 눈빛들이
가는 바람에 떨렸다

머리에 꽃을 단
미녀란 이름의 알파카와
산책길을 걸었다
잡은 목줄이 당겨지며
미녀는 멈추어 섰다
풀을 먹으면 안 된다는데
목줄을 더 당기니
괴로운 표정을 짓는다
"미녀가 똥을 누고 있어요"
아이들이 뒤따라오며 소리친다

아, 알파카의 똥
그 신성한 시간을 재촉했던
내가 머쓱해졌다
부드러워진 미녀에게 사료를 먹이며
산책길을 돌았다

우리 속 알파카들의 발굽들
초원을 더 달리고 싶은 욕망들이
강원도 산에서 멈추고
검은 눈동자로 이방의 시간을
되새김질하는듯 보였다
구름 속에 숨는 해도
대척점의 신전으로 향하고
알파카들은 떠나온 곳을 바라보며
경배하고 있는 듯 고개를 끄덕였다.

# 아득한 빛
- 뮤지엄 산 제임스 터렐관에서-


저 하늘 빛은 빛의 먼지일까
천국으로 가는 사람들이 보았을
아득한 빛
그 빛을 손으로 모아 보았다

수평선 밑에는 절벽이 있을까
계단을 오르며 만나는
아찔한 방에서
빛을 깊게 들이마셨다

빛은 지나온 시간을 기억할까
피어나는 고요는
또 하나 깊은 방을 만들고
벽 너머 시계 소리 들려온다

어두운 터널을 빠져나온
혼돈은 빛을 모으고
하늘 향기가 되어
날아가는 먼지

숨쉬는 빛

# 하얀 구석

딸의 기저귀들이
자랑처럼 날리는 날
바지랑대 밑
바람이 이끄는 대로
고개 숙여 닿은 곳에서
유모차를 밀며
자장가를 불러 주었다
구석에 피어 있던
하얀 부추 꽃이 반겨주었다
이 곳에서 꿈을 꾸고 싶었다
잃어버렸던 나의 시간을 찾았다

기저귀가 마르는 동안에
아기와 눈을 맞추면
한 줄의 육아일기도 달콤했다
기저귀가 길어 질수록
한가한 햇빛을 끌어다 썼다

하얀 구석에서
부추 꽃도 자라고 있다

# 산책
– 코로나19 팬더믹


물속에만 있던 왜가리
버드나무 우듬지에 올라가 두리번거린다
모이 찾던 비둘기들
나뭇가지 위에 앉아 있다

산책하는 사람들을
내려다보며
마스크에 대해
물어보지 않는 새들

'임대 계약'
하루하루 늘어가는
거리의 텅 빈 상점들
꽃 집의 꽃들도 말라가고

마스크한 사람들이
마주 걸으며
어제의 풍경에 대해
더 이상 말하지 않는다

*에드바르트 뭉크의 '절규'가
낯선 거리를 떠 다닌다.


에드바르트 뭉크: 노르웨이 출신의 화가

# 갯메꽃

섬에선 사랑이
비조음飛鳥音으로 흐르고

뜨거운 용암으로
흐드러진 꽃들
바다를 품고 있었지

갯메꽃 한 쌍
같이 있어도 그리운가 봐

섬에선 사랑이
넝쿨째 흐르고 있었지.

# 신두리 사구

바닷가 해당화를 따라 걸으면
길이 되어 열리는
신두리 사구

프로메테우스의
불씨를 품었나
모래 열기는 해풍으로 식히고

메마른 꽃들은
갯무꽃 물결이 되어
비천무 같이 흐르네

아득한 언덕을
하얀 감자꽃들이
덩굴로 뜨겁게 기어간다

지평선 너머
신기루를 따라가면
길이 되어 열리는
신두리 사구

# 무채색 길

늦가을,
채도가 없는 날은
풍경에 묻어나는
아스라한 물빛
은행나무에 닿는다

무심히 펼쳐지는
물의 문턱에 앉아 있는
해오라기, 왜가리는
언제부터인가 나의 친구들
무채색 날갯짓도 정겹다
눈인사를 나누면
시냇물 소리
잔잔하게 들려온다

계절을 연주하다
말없음표의 현을 끌어당기며
약간은 투박한 길이 좋아 걷는다.

# 페기스코브 등대

빙하시대 흔적이 남은 거대한 돌들이
어떤 서곡을 알려 주려는 듯이
안개가 낀 길은 바다와의 경계가 없다
어촌 마을의 평화로움을 지나면
대서양을 마주하며 서 있는 등대

화강암 사이에 피어난 야생화들
등대를 바라보는 사람들
까뮈가 말한 자연과 인간의 결혼을 닮았다
통통한 버들강아지 축가를 불러주고
안개는 살짝 비껴가며 해님을 초대한다
들꽃으로 부케를 든 등대는 바다와 팔짱을 낀다

갈매기들이 고래잡이 배를 따라가면
깊은 바다의 이야기들이 흘러온다
*믿음은 바라는 것의 실상이라는
말씀이 안개 속에 흩어지고
등대 주위의 이방인들이
기도 같은 미소를 나눈다

*캐나다 노바스코샤주 핼리팩스에 있는 등대
*히브리서(11:1)

89

# 섬과 바다


– 하이티 섬


선 잠결에 파도소리를 들었다
등대가 새벽 안개 속에 나타나고
섬이 나타나리라는 암시에
조용히 숨을 몰아쉬었다

이름도 사랑스런 '하이티 섬'에 닿았다
원시의 북소리들이 섬에서 울리고
손만 뻗으면 닿는 지상의 양식
천연 망고 쥬스를 권하는 원주민들의
눈빛은 순했다

마음에 하늘이 없고
바다가 없는 사람
이 섬 하나를 품으면
맑은 눈물이 날까
고독은 섬에서 말하는 것이 아니라고
태양과 바람은
야자수를 흔든다

"우리는 어디서 왔으며
 무엇이며

어디로 가는가"
고갱의 타이티 섬과 닮았을 것 같은 섬
하이티인들의 그림을 따라 바닷가를 걸었다
하늘에 더 닿아 있는 영혼들의 미소를 보았다

또 다른 섬에 가기 위해
순례자 같이 배에 올랐다.


– 자마이카


기항지에서 조우하는 배들
우리 어떤 사람들이 만나
인연이 되었듯이
이방인들과 같이
바다를 바라 보았다

배를 따라오는
파도는 깊어서 남빛
빛 해안선이 그림같이
아름다운 섬

길가엔 당나귀들이
수를 놓은 옷을 입고
백석 시인의 마가리가 여기 있었다

가수 *보니엠의 고향
노래가 커피 향을 타고 흘러나왔다
노예들의 허밍이 우울하게 깔렸던 대지엔
하얀 자마이카 꽃들 흐드러진다

바다엔 아직 해적선이 떠 있고
해적들이 낭만가객처럼 돌아다니는 섬

우리 떠나야지요
새벽빛이 부수어지기 전에
우리 떠나야지요
또 다른 섬을 보기 위해


– 코즈멜섬

산호초의 물빛 바다를 품었다
에머럴드 빛 환상적인 바다에서
수영을 하는 사람들

"난 슬픔을 익사 시키려 했는데
이 나쁜 녀석들이
수영하는 법을 배웠지 "

멕시코 바다에서
짙은 눈썹의
*프리다 칼로를 건져 올렸다

모래 위의 새의 발자국
새의 발자국을 흐뜨려 놓는 사람들
풍화가 되어
모두 용서가 되는 섬

낯선 섬들에서
물의 숨소리를 들었다

배 위에서
캐리비언의 달을 바라보며
옛 마야인들을 떠 올렸다

배는
바람에게 길을 물으며
바람의 각질을 맞으며
바람을 안으며

또 다른 섬으로 떠났다.

*자마이카 가수

*멕시코 출신의 초현실주의 화가

# 跋 文

나호열 (시인·문화평론가)

# 발효된 시간의 프롤로그

나호열(시인·문화평론가)


## 망각의 힘

망각忘却은 삶의 슬픈 에너지다. 변화무쌍한 날씨처럼 우리의 일상
도 맑았다 흐려지는 법인데 잊고 싶은 것은 잊혀지지 않고, 잊지 않
으려 해도 잊혀지고마는 사람이나 사건은 시간이라는 강물에 쓸려나
간 듯, 오롯이 마음 한 켠에 자리잡고 있기 때문이다. 그러나 건강한
사람에게 완벽한 망각은 있을 수 없다. 느닷없이 어느 순간, 까마득
히 잊고 있었던 일들이나 사라졌던 사람들이 기억의 문을 두드려 슬
픔을 다시 들어올리고, 정처없는 기쁨으로 춤추게 하지 않는가. 그렇
지만 망각의 틈새를 뚫고 솟아오른 기억들은 최초에 마주했던 기쁨이
나 슬픔과는 그 결이 다르다. 올해 피어나는 꽃들이 지난 해의 그 꽃
이 아닌 것처럼 시간의 풍화風化로 사실과 왜곡되거나 아니면 한결
승화昇華된 감성으로 되살아나는 것이다.

범박하게 말해서 시詩는 망각의 지층을 뚫고 솟아오는 기억의 편린
을 호명하는 것이다. 호명된 기억들은 흘러간 시간의 더께를 벗고 오
늘의 일상과 부딪치면서 시인詩人을 이끌고 간다. 그 때 시인은 감성
의 농도에 따라 서정抒情의 노래가 되거나 서사敍事로 풀어지는 이야
기의 진술을 택할 것인지의 갈림길에 놓여진다.

서혜경 시인의 첫 시집 『야생의 강』은 등단 10년 만에 내놓는 시집
으로서 그동안 삶의 여로에서 마주쳤던 풍경들과 그 풍경 속에 명멸

했던 사람들의 이야기를 들려주는 서정의 길을 보여준다. 물론 서정시抒情詩의 본령이 그러하듯『야생의 강』에서 이야기를 들려주는 사람도, 이야기를 듣는 청자聽者도 시인 자신이다.

일반적으로 서정시는 시인의 독백이며 이때의 독백은 충돌하는 자아, 즉 과거 / 현재, 잠재되어 있는 내면 / 드러난 현상과 같이 서로 길항, 대립하는 과정의 발화發話라고 볼 수 있다. 그러나 이 발화가 특수하면서 동시에 보편성을 확보한 서정이 되기 위해서는 시인이 걸어온 이력履歷을 간과할 수 없다. 어떠한 경우에도 시인이 견지하고 있는 세계관이 투명한 이성을 함유하지 않는다면 - 이 말은 시인의 도덕적, 윤리적 선善함을 요구하는 것이 아니다 - 제어하지 못하는 감정의 폭로에 속수무책일 수밖에 없는 것이다.

여기서 이야기하는 투명한 이성은 사유의 논리적 근거를 지닌 세계관을 투사 하는 것이다. 바로 이 지점에서 시집『야생의 강』은 한 생애를 걸어 "잘 견뎌온 오후 세시"(「오후 세시」)에 다다른 시인의 독백으로 시작한다.

인생을 24시간으로 나누어 본다면 오후 세 시는 어디쯤에 와 있는 연대를 말하는 것일까? 아마도 번잡한 사회활동을 마치고 임서기林捿期에 들어서는 그 나이쯤이 아닐까?. 아무튼 시인은 자신의 반생을 돌아보면서 "잘 견뎌" 왔다고 말한다. '견딤'이란 무엇인가? 그저 평탄하지만은 않은 신고辛苦가 시인 자신의 삶에도 역경逆境으로 찾아왔었음을 고백하는 것이 아니겠는가. 시집의 첫 머리 시인「오후 세시」는 삶의 '견딤'에 대한 위로이면서 위로를 넘어서는 안식을 찾아가는 새로운 출발을 예감하는 종착지이기도 하다. 어쨌든 오후 세시는 인생의 반을 넘어서는 심리적 공간을 제시하고 있음이 틀림 없다.

이런 장년기를 건너가는 심리적 공간을 사회심리학자 레이쳐 Reicher는 5가지 유형으로 나누어 설명하고 있다. 성숙형은 자신의 현재 상황에 만족하고 일상적인 활동을 지속하면서 대인관계 또한 원활한 사람들이다. 은둔형은 번잡한 사회활동, 대인관계에서 벗어나 조용히 여생을 즐기는 자족감을 느끼는 사람들이다. 무장형은 늙음을 거부하면서 신체활동의 노화를 막으려 하고 대외적인 활동을 펼치기를 원한다. 이에 반해 분노형과 자학형은 자신의 늙음에 대해 능동적 사고로 받아들이지 못하는 국면에 처한 유형이라고 할 수 있다. 분노형은 삶의 목표를 이루지 못한 것이 시대적 상황, 경제적 여건, 가족의 문제 등에 기인하는 것으로 여기고 타인과의 원만한 사교나 타협을 이루지 못하는 유형이다. 자학형은 분노형과 달리 자신의 삶을 실패로 받아들이고 그 실패의 원인이 자신에게 있다고 단정함으로써 우울증과 자살의 유혹에 취약한 경향을 보이게 된다.

위와 같은 주장은 다소 도식적이고 기계적인 분류인 까닭에 모든 사람을 이런 심리적 구분으로 확연히 확정할 수는 없을 것이다. 그럼에도 시집 『야생의 강』의 전편은 시인이 가 닿으려 하는 성숙한 자족의 삶을 향한 여로인 동시에 독자로 하여금 자신의 연대적年代的 심리 상태를 가늠하게 하고 더 나아가서 이러저러한 삶의 굴곡을 가지런히 펼 수 있는 안식의 길로 스며들게 하는 힘을 지니고 있음은 분명하다.

## 시간의 재현再現

　흘러가버리는 시간을 다시 되돌릴 수는 없다. 그러하기에 예술은 소멸의 운명을 지닌 시간의 항구恒久를 지향한다. 달리 말하면 망각을 극복하려하는 의지는 영생永生의 욕구와도 그 결을 같이 한다는 말과도 통한다. 시인은 "저기 푸른 신호등 아래 / 한걸음씩 나에게 오는"(「미지의 사람」)시간을 마주하면서 "어떤 인생이 마지막 순간 / 끝이라고 말할 수 있을까"(「끝」)라는 번민하는 질문을 스스로에게 던진다. 지난 올림픽 때 어린 양궁 선수가 마지막 시위를 당기고서 던진 '끝!'이라는 외침을 기억한다. 아마도 그 어린 선수는 자신의 화살이 과녁에 적중해야 한다는 중압감을 이기고 마지막 시위를 당겼을 때, 그 심장을 조여오는 긴장과 압박으로부터 해방되었다는, 말하자면 자유를 느꼈을 것이다.

　시인은 이 광경을 목격하면서 한 걸음 더 나아가, "모든 삶은 끝을 향해 달려가는 것임을 알면서도 스스로 자신의 생生 앞에 과연 '끝'이라고 당당하게 단언할 수 있을"지를 물어보게 되는 것이다.


숲에 들어가
노란 양지꽃 반가워
언덕에 엎드렸네

흙은 따뜻하고
나비들 날아다니고
가슴을 대고 양지꽃과 눈 맞춘 곳
누군가의 무덤이었네
이름모를 사람의 생生이
가슴으로 스며들었네

어느 사랑하는 사람 남겨두고
떠난 이의 이별이
가슴으로 스며 들었네
얼굴 모르지만 그 사람
한 사람이 스며들었네

바람 불고 햇살 부드러운 날
흙은 한 사람의 생을 덮고
숲은 알맞게 빛나고

양지꽃 한송이
그 사람의 일생을 다 안다는 듯
조용히 흔들리고 있었네

- 「한 사람이 스며드네」


양지꽃은 새 봄 양지바른 들녘에 피는 야생화이다. 소담한 노란 색의 양지꽃이 무덤가에 피어 있는 정경을 바라보면서 그 꽃이 "그 사람의 일생을 다 알고" 있다고 느끼는 순간 시인에게 생사 生死는 삶의 끝남이 죽음이 아니라 연속되면서 서로 스며들어 있는 힌 몸임을 전해주고 있는 것이다. 인생은 안개를 헤치며 가는 길이고 그 어디쯤에서 "안개 흐르는 호수에서 / 먹이 찾던 새가 비상"(「사랑의 길」)하는 비감하면서도 아름다운 생의 끝 - 새의 비상 -을 마주하게 되는 것이다.

이와 같이 『야생의 강』의 많은 시편은 '시간'이라는 삶의 족쇄를 풀어보려는 탐색과 간구의 여정을 보여주고 있다. 「늙은꽃」, 「그럼에도 불구하고」, 「 누름화」 같은 시편들은 오늘에 당도한 시인의 자화상을

여실히 드러내 보이고 있는 시편들이다. "청계천 / 빛의 축제에 / 늙은 꽃들이 / 잔치에 초대받아 / 추억을 되새김질하고 있다"(「늙은 꽃」)거나 "침묵하지 못한 시간 / 유리벽에 갇힌 것은 / 어쩌면 메마른 나"(「누름화」)라고 자조하거나, "내 나이 즈음의 이 시간을 껴안으니 / 들쑥날쑥 나이테들이 불규칙하다"(「그럼에도 불구하고」)고 토로하는 것에서 누구나 체험하는 삶의 쓸쓸함이 전개되고 있는 것이다.

그러나 이와 같은 회한은 한갓 감상感傷에 머무르는 것이 아님에 유의할 필요가 있다. 늙어감에 대한 분노도 아니고 자학도 아닌, 오히려 부드러운 슬픔이라 명명해도 좋을 통찰에 의해 희석되고 있음을 눈여겨보아야 한다는 점이다.

그 둠벙엔
우주가 들어 있다.

　　　　　　　　– 「반영」 끝 연


이 묵직한 언명을 아포리즘으로 이해해도 될까? 이는 관찰과 상상력을 넘어서서 망각으로부터 호명해 온 과거의 시간을 반추하면서 오직 시인의 내성에 의해 응축된 용서와 화해, 그리고 반성을 포용하는 빛나는 예지가 아니겠는가!

시는 감정의 표현이기는 하지만 그 감정의 표현도구인 언어의 애매모호성으로 말미암아 표현의 굴절과 왜곡을 피할 수 없다. 언어가 지닌 양면성(기표와 기의)으로 인하여 창작자의 의도를 완벽하게 충족시킬 수 없을 뿐만 아니라, 의도의 오류로 파생되는 불가피한 오독誤讀도 피할 수 없는 난제로 남을 수밖에 없다.

여기에 덧붙여 지나간 시간을 재생한다는 것은 어제와 오늘 사이에 가로놓인 경험의 축적 방식에 따라 있는 그대로의 재생再生이 아닌 재현再現의 형국에 도달하게 되는 것이다.

이를 요약해서 말하면 표현은 어느 사태에 대한 오늘의 언명이지만, 흘러간 과거를 표현한다고 할 때에는 이미 재현(재구성)의 영역에 머무르게 됨을 의미하게 되는 것이다. 이와 관련된 시 한편을 읽어보자.

액자에 풍경을 집어넣으려 했던
젊은 날엔
연잎들이 푸르게만 보였다

액자에 드나드는
새들의 눈물을 볼 수 있는 나이가 되어
다시 찾아온 자리

액자 안에서 서성이던
강물은 하나가 되고
이내 이별을 한다

액자를 넘나드는
붉은 석양은
강물에 뜨거운 사연을 드리운다

액자의 배경이었던
연꽃들이 풍장(風葬) 되었을 때에
슬픔의 바깥은 그리움이라는 것을 알았다.

－「슬픔의 바깥」 전문

'두물머리'라는 부제가 달린 이 시는 발원지가 다른 두 강물이 멀리서 다가와서 이윽고 한 몸을 이루어 바다를 향해 달려가는 장소(양수리)의 풍경을 담은 시이다.

누구나 그러하지 않은가. 세월이 흘러야 지난날이 젊음이었음을 깨닫게 되고, 그 때가 화양연화이었음을 애달파 한다. 정해진 규격을 가진 액자에 풍경을 담으려는 것이 젊은 시절의 꿈이다. 그러나 "새들의 눈물을 볼 수 있는 나이가 되"는 세월이 흘러가게 되면 공고했던 삶의 규범, 즉 액자의 무용함을 체득하게 된다. 이 시에서 시인은 어떤 슬픔도 시간이 흐르면 경계가 사라지고 그 슬픔조차 그리움이 된다는 사실을 두물머리라는 장소에서 느끼게 되는 것이다.

이와 같은 정조는 누구에게나 얼마든지 찾아오고 느끼게 되는 공감의 영역이다. 더 나아가 생각해보면 하나의 현상에 대해서 사람마다 인식의 편차가 일어나며 그로 말미암아 소외와 격절의 슬픔이 일어나는 것임을 느끼게 될 수도 있다.

여인이 꽃잎을 말할 때
그는 촛불을 말한다

여인이 봄비에 눈물 흘릴 때
그는 찬란한 봄에 미소 짓는다

여인이 섬이 그립다고 말하면
그는 침묵하는 등대에 가고 싶어 한다

여인이 백목련이 탐스럽다고 하면
그는 연분홍 진달래 사랑이 좋다고 한다

여인이 달무리를 볼 때
그의 가슴엔 달 같은 여인이 떠 오른다

우리는 모두 가슴 벅찬 봄을 이야기하고 있다.

- 「하나의 봄」 전문


냉철하게 말해서 언어를 통한 의사소통은 불통을 야기한다.「하나의 봄」은 공유할 수도, 공유되지도 않는 '관계'의 허구성을 이야기한다. 단독자인 실존은 언제나 슬픔을 잉태하고 그 슬픔은 망각 속에 영원히 사라지는 것이 아니라 오늘의 삶에 새로운 의미로 재현되고 있는 것이다.

시인이 지나쳐 온 풍경들, 북촌, 혜화동, 순천만 갈대밭, 수타사 가는 길, 해바라기 밭, 신두리 사구 등의 풍경은 이제 발효된 시간 속에서 그 기억의 액자 속에 갇혀 있는 것이 아니라 늘 의식의 내면에 출렁거리는 야생의 강이 되어 자유의 영역으로 걸어 들어가게 된 것이다.


## 발효된 시간의 풍경들


야생의 고요
야생의 시간
야생의 노래로 인해

길들여지지 않은 강은
바다에 도달한 뒤
먼 하늘을 날고 싶었다

내가 꿈꾸는 야생의 강은
여전히 흐르고 있다.

– 「야생의 강」 4연, 마지막 연

야생野生은 있는 그대로의 자연이지만, 야생은 물(강) 없이는 존재할 수 없다. 시인에게 있어서 강은 약육강식의 아수라에서 벗어나 있는 존재, 오히려 무심함, 즉 자유의 상징이다. 우리가 알고 있는 강은 아무 것도 가지려 하지 않으며, 이것과 저것을 가리지 않고 한 몸을 이루며, 이윽고 정화淨化의 힘을 가진 것인데 시인은 그저 흘러감을 꿈꾸는 강, 마지막 도착지는 깊이를 알 수 없는 바다로 가닿아 그 무엇의 인과因果에도 얽매이지 않는 상태가 야생의 강이라고 이야기한다.

그런 까닭에 서혜경 시인이 궁구하는 자유는 그 무엇에도 얽매이지 않으면서 그 어떤 소유所有의 욕구조차 갖지 않는 강이 되는 것이라고 볼 수 있다. 그래서 그 강은 시인에게 "안개로 다가오는 고요를 / 깊게 누르면 / 강물에 묻어나는 젖은 악보"(「메트로놈은 위대하다」)를 보여주고 "나의 비망록엔 푸른 행성이 / 또렷한 기억으로 일어나게"(「야생을 꿈꾸다」)만드는 에너지가 되는 것이다. 다시 말해서 인과의 연대에 묶여지지 않은 자유를 시인은 야생이라고 달리 부르고 있으며 그 야생의 몸을 강으로 인식하고 있는 것이다.

그러나 시인이 꿈꾸는 자유는 사회구성원으로서- 시민, 집단, 가족 등- 어쩔 수 없이 받아들여하는 제도나 관습으로부터의 해방이나 부조리한 현실에 대한 반기로 받아들여서는 안된다. 물론 인류을 저버린 한 가족의 비극을 그린 「슬픔의 목록」이나 수년간 계속되고 있는 역병疫病으로 붕괴되고 있는 사회의 스산한 풍경을 그린 「산책」, 자본주의에서의 노동의 의미를 묻는 「살아가기」와 같은 현실을 비판하는 작품이 없는 것은 아니지만 서혜경 시인은 일관되게 시간을 반추하고 소환된 시간의 풍경을 되새김하면서, 앞으로 다가오는 시간을 수동적으로 받아들이는 것이 아니라 그 시간을 초대하는 주체로서 자리매김하기를 염원하고 있는 듯하다.


　여름꽃 겨울꽃 피고 지고
　헐거워진 옛 노트를 넘기는데
　나의 스무 살 꽃밭의 향기가
　밀려오고 있어

　　　　　- 「옛 노트」 마지막 연


　한 쪽 눈에는
　아직은 마르지 않는 눈물과
　또 다른 눈은
　호기심이 남아 있는
　젊은 내 낯선 모습에
　거울 앞에서 서성인다

　　　　　- 「굴절 거울」 1연


　과거의 자신을 돌이켜 보며 시인은 꽃밭의 향기를, 세상을 두리번거리는 호기심 가득한 눈을 기억한다. 앞에서 언급했던 「슬픔의 바깥」에서 그리움이 태어나는 곳이 슬픔이라고 하였듯이 서혜경 시인에게

있어서의 과거는 퇴행적 감상이 아닌 시간을 끌고 가는 평화로운 양
치기의 모습을 하고 있다.

　애이불상哀而不傷이라 했던가. 부드러운 슬픔이라 지칭했듯이『야
생의 강』편편에 보이는 슬픔에는 따뜻한 온기가 가득 스며들어 있다.
그 이유가 타고난 성품 탓인지, 신앙의 힘인지 알 수는 없지만 시인
이 바라보는 세상은 충분히 살아야 할 이유가 내재한 낭만적 공간임
은 틀림이 없다.
　「꽃으로 핀 신발들」은 시집『야생의 강』에서 이와 같은 낭만적 정조
를 보여주는 시로 특히 눈여겨 볼만한 시이다.


　모양이 다른 신발을 모아
　활짝 핀 꽃으로 만든 작품을 보았다

　누가 걸어온 길인지
　그 길 위에서
　혹 주저 앉은 적은 없었는지
　신발들의 사연들이
　꽃으로 피었다

　어느 무도회에서
　춤을 추던 신발일까
　어떤 섬에서
　조약돌을 밟다 벗어 놓았던 신발일까
　단풍 잎 떨어지면 붉게 물들던 신발
　꿈길을 걷던 신발
　개미를 밟았던 신발일지도 몰라

　얼룩진 신발들은 나비를 모으고

주소가 달랐던 신발들이
코를 마주하고
둥근 꽃으로 피어났다

　신발은 길과 함께 태어나고 길에 의해 소멸하지만 시간이라는 길을 걸으며 남겨지는 추억의 발자국이기도 하다. 그러나 그 소멸은, 추억이라는 꽃으로 다시 피어나서 영원으로 향하여 가는 나그네인 우리들에게 화관으로 얹혀지는 것이 아니겠는가.


## 프롤로그의 시


　시집 『야생의 강』은 이미 말했듯이 서혜경 시인이 등단 이후 10년이 넘은 후에 상재하는 첫 시집이다. 추측하건대, 등단 이전에도 시작詩作이 있었을 것이고, 그래서 『야생의 강』은 시인의 전 생애를 횡단하는 여로의 일기라고도 할 수 있을 것이다.

　자유를 꿈꾸며, 시간에 속박되지 않기 위하여 그 시간을 사유하고, "백 년도 못사는 사람들이 와서 / 몇 억년 동안의 이야기를 / 한나절에 알려고"(「풀등에서」)하는 어리석음을 깨우치고, 그럼에도 "풀등에서는 / 지금 이 순간의 춤을 추리라"(「풀등에서」)고 지금 이 순간을 고마운 기쁨으로 받아들이는 공력은 오랫동안 시를 매만져온 소중한 선물이라고 믿고 싶다. 그런 까닭에 시집 『야생의 강』은 서혜경 시인이 걸어가야 할 새로운 시간을 위한 프롤로그, 서시 序詩라 불러 마땅하다. 앞으로 서혜경 시인이 바라보는 세상과 걸어가야 할 길을 시인 스스로 이미 예언하고 있기 때문이다.

경계는 그어 놓은 자의 몫
더 이상의 경계는 없다.

　　　　　－「경계는 없다」부분


　　　　　　　서혜경 시인의 첫 시집 『야생의 강』에 붙여
　　　　　　　　　　　　　壬寅年 1월
　　　　　　　　　　　　　무이재에서